AS AVENTURAS DO AVIÃO VERMELHO

HISTÓRIA DE
ERICO VERISSIMO

ILUSTRAÇÕES DE
EVA FURNARI

Companhia das Letrinhas

Chamava-se Fernando. Era um menino muito gordo. Gordo e travesso. Travesso e brigão. Ninguém em casa podia com a vida dele. Fernando pisava no rabo do gato. Jogava água quente no cachorro. Atirava pedras nas galinhas. Fazia o diabo. Era respondão. Gostava de arranhar a cara da cozinheira e de botar a língua para os mais velhos.

O pai e a mãe de Fernando viviam muito tristes. Só tinham aquele filho. Queriam que ele fosse quietinho, obediente, bom...

Um dia papai viu Fernando sentado num canto da varanda e perguntou:

— Meu filho, por que é que tu és tão travesso, brigão e malcriado?

Fernando respondeu:

— Porque sou valente!

Rosnou como um leão que está começando a ficar zangado.

Papai riu e disse:

— Fernandinho, não sejas mau. Eu e tua mãe ficamos muito tristes vendo que o filhinho é assim desobediente.

Fernando não disse nada. Fungou. Olhou para o pai com o rabo dos olhos e começou a cantar uma cantiga que nem ele mesmo sabia o que era.

Papai passou a mão pela cabeça de Fernando e disse:

— Olha, se tu te portares bem hoje à hora do almoço, quando eu vier da rua te trago um livro de histórias.

Fernando deu um pulo:

— Traz mesmo, papai?

— Trago.

— Então eu fico bem quietinho.

E ficou mesmo. Não deu um pio. Não mexeu em nada à hora do almoço. Parecia até um bonequinho de açúcar.

De tarde ganhou o livro. Foi para cima da cama. Deitou-se de barriga para baixo, fincou os cotovelos no colchão, abriu o livro, segurou as bochechas com as mãos e começou a ver as figuras coloridas.

Eram histórias muito bonitas. Um aviador valente, o Capitão Tormenta, entrava no seu avião vermelho e voava para as nuvens... Ia até a África caçar leões e outros bichos. Descia na China e cortava os rabichos dos chineses. Passava na Índia e dava tiros nas cobras e nos tigres de Bengala. (No princípio, Fernandinho pensou que na Índia os tigres andavam de bengala, mas depois papai lhe explicou que Bengala é um lugar, um estado, assim como São Paulo, Minas Gerais, Rio Grande do Sul...) O Capitão Tormenta continuava na sua viagem. Encontrou um zepelim no caminho e derrubou o colosso com a sua metralhadora. Desceu na Rússia para comprar gasolina e foi preso por uns soldados barbudos.

Fernandinho olhava as figuras e ria, ria, ria...

Mas no fim ficou triste, porque ele também queria ser aviador. Fechou o livro e começou a pensar. Teve uma idéia. Foi procurar o pai e pediu:

— Papai, quero um avião. Prometo não fazer mais travessuras.

Papai beijou Fernandinho e disse que ia trazer-lhe um lindo avião.

— Quero um avião vermelho — explicou o menino.

Papai saiu e, ao voltar do trabalho, trouxe um avião embrulhado em um papel verde.

Quando viu o brinquedo, Fernandinho perdeu a fala, de tão contente. Foi para o quarto e começou a brincar. Brincou muito tempo. Erguia o avião no ar e fazia "Brrrrrr" com a boca para fingir que era o motor que estava funcionando.

Parou na frente do espelho, respirou forte, fez cara séria e disse com voz grossa:

— Eu sou o Capitão Tormenta.

Naquele dia, quando a criada veio dizer que o leite estava servido, Fernandinho gritou, carrancudo:

— Olhe, Josefina, agora eu me chamo Capitão Tormenta, ouviu?

Josefina riu e não disse nada.

Fernandinho foi tomar o seu leite. Uma mosca veio voando e sentou na beira da xícara. Era uma mosca muito engraçada, maior do que as outras. Tinha os olhos bem miúdos e suas perninhas estavam se mexendo, pois ela queria chamar a atenção de Fernandinho.

Não havia ninguém mais na sala. Só o nosso amigo gordo e brigão. Então a mosca começou a falar com voz muito fina.

— Capitão Tormenta — disse ela —, por que é que o senhor não vai fazer uma viagem no seu avião vermelho?

Fernandinho ficou assustado porque nunca tinha ouvido mosca falar. Mas respondeu logo:

— Eu sou muito grande, não cabo no avião.

A mosca se retorceu de riso — quá-quá-quá! — por Fernandinho ter cometido um erro. Era uma mosca muito instruída, que sabia gramática.

— Não diga *cabo*, capitão. Diga *caibo*.

— Pois é isso mesmo — repetiu Fernandinho.— Eu não caibo no avião.

A mosca soltou outra risada:

— Se o senhor é mesmo inteligente, por que não descobre uma coisa que faça a gente ficar pequeno?

Quando Fernandinho quis falar de novo, a mosca tinha se afogado no leite, que parecia uma lagoa branca.

Fernandinho ficou pensando todo o dia...

O pai dele era engenheiro. Tinha um escritório cheio de máquinas, réguas, compassos e outros aparelhos complicados. Fernandinho gostava muito de olhar o mapa-múndi, que estava em cima da mesa.

Certo dia, papai lhe mostrou o globo e disse:

— Meu filho, o mundo é assim redondo.

— Então o mundo é uma bola? — perguntou Fernando.

— Sim, senhor.

— Então, a gente podia brincar de jogar bola com o mundo?

Papai desatou a rir.

— Não diga bobagens, menino!

— Papai — pediu Fernando —, me mostra onde fica a China.

Papai apontou com o dedo.

— Fica aqui.

— E a Índia?

Papai mostrou um lugar encarnado.

— E o Brasil?

O dedo do papai parou em cima duma grande mancha amarela.

— Se aqui é o Brasil, papai, onde é que nós estamos?

Papai apontou para um pontinho preto, pequenino, onde estava escrito o nome duma cidade.

— Estamos aqui.

Fernandinho espichou os olhos e disse:

— Não vejo nada. Não vejo o senhor. Não vejo a nossa casa, o nosso gato...

— Tu és muito bobinho!

— Papai — disse Fernandinho com voz tremida —, eu tenho vontade de viajar de avião.

Papai passou a mão pelos cabelos do filho.

— Pois sim, meu querido, quando ficares grande poderás entrar num avião.

Os olhinhos de Fernando brilharam como bolitas de vidro.

— Não, papai, eu acho que só posso entrar num avião quando ficar pequeno.

Papai não compreendeu. Fernandinho apontou para um vidro redondo.

— Como é o nome daquilo, pai?

— Aquilo se chama lente.

— Para que serve?

— Para aumentar as coisas.

— Quero ver.

Papai botou a lente em cima duma formiga que ia passando e mandou Fernandinho olhar. Fernandinho olhou e viu que a formiga crescia, ficava do tamanho duma mosca.

— Engraçado! — gritou o menino, muito contente.

E apontou para a outra lente.

— E aquela?

— Aquela, ao invés de aumentar as coisas, diminui.

Fernandinho pediu para ver. Papai botou a outra lente em cima dum lápis e mandou o filho olhar. Fernandinho olhou. O lápis ficou tão pequeno que parecia um alfinete.

Fernandinho bateu palmas, encantado.

Foi dormir muito contente, com uma idéia dando pulos na cabeça dele.

Quando todos em casa estavam dormindo, o nosso valente Capitão Tormenta se levantou da cama na ponta dos pés, abriu devagarinho a porta do escritório, caminhou sem fazer barulho até a mesa do pai, trepou numa cadeira e pegou a lente que fazia as coisas ficarem menores.

Voltou para o quarto, acendeu a luz, botou a mão no queixo e começou a pensar...

Pensou assim:

"Quando a gente bota este vidro em cima duma coisa, essa coisa fica pequena, não fica? Pois então vou botar este vidro em cima de mim e vou ficando pequeno, pequeno, pequeno, até poder entrar no avião. Depois, entro no avião e faço o motor funcionar e saio voando. Vou à China, à Índia, à África, como o Capitão Tormenta."

Fernandinho esfregou as mãos, satisfeito. E começou a se preparar para a grande viagem. Botou na sua malinha roupa grossa e roupa fina. Ele sabia que na África faz calor e na Rússia faz frio. Agarrou a espingarda de rolha e a pistola de espoleta e enfiou nos pés as suas botas. Meteu na cabeça um chapéu de explorador que tio Quincas lhe dera de presente no Natal.

— Que é que falta agora? — perguntou, depois de ter a mala pronta. — Falta comida. Um explorador valente também precisa comer.

Foi até o guarda-comida e trouxe de lá um pote de geléia, uma lata de biscoitos e um cacho de bananas.

— Agora não falta mais nada!

Foi buscar o avião vermelho, que estava embaixo da cama. De repente se lembrou de que um explorador sempre leva companheiros, porque pode encontrar no caminho tribos de índios malvados, salteadores e feras.

Fernandinho olhou para os lados e viu em cima duma cadeira o seu ursinho ruivo. Era um bicho muito engraçado, feito de pano. Perto dele estava um boneco

preto de louça. Fernandinho lhe tinha dado o nome de Chocolate.

Quando o Capitão Tormenta olhou para a cadeira, o ursinho começou a dizer: "Dim-dem-dlum! Dlim-plim-plooom!". Isso na língua do ursinho queria dizer: "Capitão Tormenta, eu quero ir contigo!".

Chocolate começou a sacudir os braços e a gritar:

— Bu-lu-ba-gum-gum!

Fernandinho sabia que aquilo em língua de africano queria dizer: "Capitão Tormenta, eu sou valente, quero ir no teu avião".

Fernandinho pegou o urso, o boneco, a mala, o pote de geléia, a lata de biscoitos e o cacho de bananas, juntou tudo no chão e foi abrir a janela. Depois botou a lente que diminui as coisas bem na ponta da mesa e, junto com os dois companheiros e mais as comidas, ficou parado, quietinho, debaixo do vidro mágico.

E, bem como tinha acontecido com o lápis que ficara do tamanho dum alfinete, Fernandinho foi ficando pequenino, pequenino, pequenino, até chegar à altura do dedo minguinho da mão do papai. O urso, o boneco, a

18

lata de biscoitos, o pote de geléia e as bananas ficaram ainda menores do que eram.

— Vamos embora, pessoal? — gritou Fernandinho.

— Eu sou o Capitão Tormenta! Viva!

— Blim-bluum! — cantou o ursinho.

— Gum-gum! — berrou Chocolate.

O urso pegou o pote de geléia e a lata de biscoitos. O boneco segurou o cacho de bananas e a mala do capitão. E entraram todos no avião. Bem na frente, guiando, ficou Fernandinho. Fez o motor funcionar e o avião vermelho começou a dizer: "Brrrrrrrrrrrr". Correu pelo quarto, passou por baixo da cadeira e subiu... Passou pela janela e saiu voando na direção das estrelas.

A noite estava bonita. Uma lua muito redonda, que parecia uma grande moeda de gelo.

O Capitão Tormenta e seus companheiros voavam dentro do avião vermelho, que subia cada vez mais...

O ursinho olhou para baixo e viu as luzes duma cidade. Começou a bater palmas.

O boneco já estava comendo uma banana sem pedir licença ao capitão.

Fernandinho de repente sentiu vontade de tomar sorvete.

— Minha gente — gritou ele, olhando para trás —, onde é que vamos comprar sorvete?

O ursinho apontou para a cidade, dizendo:

— Dlem-bim-bom!

Mas Chocolate teve uma idéia mais inteligente:

— Gom-bom — gritou.

Queria dizer que na Lua havia muito sorvete.

Então o Capitão Tormenta levou o avião para a Lua.

Tudo lá era de gelo. As cidades, as casas, os automóveis e os homens. Os homens eram muito engraçados. Tinham pernas de sapo e olhos de mosca.

Quando o motor do avião parou, os três exploradores apearam. O Capitão Tormenta botou o seu casacão de pele. O ursinho não sentia frio porque seu corpo era peludo. Chocolate fez uma roupa com casca de banana e ficou muito faceiro.

Os três aventureiros começaram a olhar para os lados e viram uma tabuleta numa casa. Estava escrito:

O capitão leu mas não entendeu. Depois achou que na Lua tudo devia ser de trás para diante e compreendeu que o que estava escrito na tabuleta era sorvetes. Foram para lá. Entraram. Era uma loja muito engraçada. Os três fregueses ficavam do lado de dentro do balcão. Os empregados ficavam do lado de fora. Quando a gente pedia um sorvete, em vez de pagar cinqüenta centavos ou um cruzeiro, era o empregado que pagava a gente.

O capitão entrou e disse:

— Quero três sorvetes.

O empregado se assustou ao ver os três exploradores. Nunca tinha visto gente da Terra. Fernandinho tornou a pedir três sorvetes. O outro não entendeu. O Capitão Tormenta então resolveu falar a língua da Lua e repetiu a frase de trás para diante.

— Setevros sêrt oreuq.

O empregado soltou uma risada e tirou três sorvetes de uma lata; depois espichou o braço, furou o teto da casa e apanhou lá no alto três estrelinhas, que soltaram gritos de susto. Trouxe as estrelinhas para dentro da loja e espetou as coitadinhas uma por uma no cocoruto dos

sorvetes. O capitão e os companheiros comeram e se lamberam todos de prazer.

— Nunca pensei que estrela fosse tão gostoso — disse o capitão.

O ursinho queria comer sorvete de chocolate. A sua vontade era tão grande que ele chegou quase a morder a mão do Chocolate.

Quando Fernandinho quis pagar os sorvetes, o empregado tirou da gaveta o dinheiro da Lua e deu uma moedinha de prata a cada um dos exploradores.

Fernandinho perguntou na língua da Lua por que davam sorvete e por cima ainda pagavam. O empregado da loja respondeu que o gelo ali era tão barato, que não valia a pena cobrar...

Os três companheiros saíram a passear. Viram que na Lua não havia luz elétrica, porque o chão, as paredes, as pedras, tudo tinha luz natural dentro. Foram a um teatro. Os artistas representavam na platéia e os espectadores estavam sentados no palco. Na cadeia, os guardas achavam-se dentro da prisão e os prisioneiros marchavam do lado de fora, com espingardas nos ombros, vestidos de zebra.

Nas ruas, os cocheiros puxavam os carros e os cavalos iam na boléia segurando o relho e as rédeas. Ah! Os cavalos tinham cabeça de vaca e corpo de elefante.

— Vamos embora, pessoal! — disse o Capitão Tormenta. — Isto aqui está ficando muito enjoado!

Entraram no avião e continuaram a viagem.

No caminho quase se chocaram com uma estrela. A estrela, muito delicada, pediu desculpas, sorrindo. O avião voltou a cabeça para ela e botou a língua para fora. Que mal-educado!

Amanheceu o dia.

O Capitão Tormenta olhou para baixo e viu uma cidade muito esquisita. Desceu.

— Onde será que estamos? — perguntou.

O ursinho não sabia. O boneco também não.

De repente viram um monstro. Era uma cobra enorme. Preta e amarela. Fernandinho de repente se lembrou de que estava pequenino, do tamanho do dedo minguinho de papai; assim as cobras tinham de parecer monstros para ele.

— Vamos fugir, minha gente! — gritou o capitão.

A cobra abriu a boca e correu na direção deles. Os três exploradores entraram no avião e fecharam a porta. O avião começou a correr. A cobra deu um pulo e segurou com os dentes o rabo do aparelho, que soltou um grito:

— Ai! Vou morrer envenenado.

Começou a voar, gritando de dor. A cobra estava pendurada na cauda do avião. Fernandinho agarrou a sua pistola, apontou para a cabeça do bicho, puxou o gatilho — pum! — e a cobra caiu.

O avião continuava chorando de medo.

— Vou morrer envenenado! — gritava.

Então o capitão ficou com pena dele e tirou da maleta uma seringa de injeções e fez uma injeção de banana no avião. Assim o avião vermelho ficou melhor e parou de chorar.

No outro dia os exploradores chegaram à China.

Saíram do avião e foram fazer um piquenique de biscoitos com geléia debaixo duma árvore. Era um arbusto de pouca altura. Mas os exploradores eram tão pequenos que o arbustinho parecia um eucalipto comparado com eles. Muito bem. Os três valentes estavam comendo quando de repente apareceu um porco gordo, abriu a boca e os engoliu. O avião viu tudo e ficou furioso. Correu para o porco e começou a dar bicadas nele com a ponta da hélice. O porco saiu correndo...

Dentro da barriga do animal, os três companheiros

agora estavam no escuro. Fernandinho tirou do bolso a sua lanterna e fez luz. Viram uma coisa muito engraçada: a barriga do porco era toda forrada de milho. Tinha uma lata verde num canto. A água que ele bebia escorria para dentro de uma garrafa branca que estava em outro canto. Dentro da barriga do porco havia um mato, uma lagoa e uma casa. Nessa casa moravam três chinesinhos pequenos que falavam uma língua que nenhum dos três exploradores entendia.

Fernandinho e os companheiros ficaram muito tristes, sem saber o que fazer. Como estava frio, resolveram acender um foguinho.

O avião continuava lá fora, no meio do campo, chorando de tristeza.

Era véspera de uma grande festa chinesa. O porco pertencia ao chiqueiro dum mandarim. O mandarim, na China, é um homem muito importante, um chefe, um mandachuva. Pois o mandarim mandou matar o porco. O porco ouviu a ordem e fugiu. Saiu correndo pelo campo. Corria tão ligeiro que os três exploradores começaram a pular dentro da barriga dele. De repente o porco escorregou e caiu, batendo com a barriga no chão. Com o choque, abriu a boca, soltou um ronco e atirou longe os três exploradores, que foram cair em cima duma árvore.

E vocês sabem que foi que eles encontraram em cima dessa árvore? Pois foi o avião vermelho, que lá estava, sempre chorando, muito triste da vida e convencido de que tinha virado passarinho.

Foi uma alegria! Os três exploradores abraçaram e beijaram o avião. Entraram nele e saíram voando.

Desceram na África, mas foram muito sem-sorte. Caíram bem no meio de uma aldeia de selvagens. Os selvagens pareciam gigantes perto dos exploradores. Cercaram os nossos valentes e começaram a gritar. Nunca tinham visto gente tão pequenina. O chefão botou os três aviadores na palma da mão e começou a olhar para eles. O filho do chefe brincava, muito contente, com o avião vermelho.

— Estamos perdidos! — disse o Capitão Tormenta.

Ficaram prisioneiros dentro dum porongo. O porongo era muito escuro. O capitão acendeu a lanterna. Num canto da prisão via-se uma enorme formiga que caminhava na direção deles... Fernandinho lembrou-se de que tinha lido num livro que certas formigas da África têm uma mordida venenosa... Carregou a espingarda com a rolha, fez pontaria e atirou. A formiga soltou um grito, rolou no chão e ficou dormindo.

No outro dia os selvagens fizeram uma festa. Tocaram os seus tambores. Os prisioneiros foram levados para dentro de uma praça. Os africanos acenderam três fogueirinhas do tamanho duma moeda de um cruzeiro. Os exploradores compreenderam que iam ser queimados. O ursinho começou a chorar. O seu choro era uma musiquinha muito triste. Fernandinho olhou para os lados. Viu no canto da praça o avião vermelho, que estava fazendo sinais para ele. Fernandinho não compreendeu bem o que o avião dizia, mas ficou de olho aceso. De repente teve uma idéia e cochichou ao ouvido de Chocolate.

— Chocolate, fale africano com eles. Diga que nós somos filhos da Lua.

Chocolate compreendeu o plano. Começou a falar africano. Dava pulos e gritava:

— Balalão-gum-bamba-lum!

O chefe abaixou-se para ouvir melhor. E foi ficando

muito assustado. Disse para Chocolate, também em africano:

— Se vocês vieram da Lua é porque podem voar.

Chocolate pensou um pouco. Depois traduziu para Fernando o que o chefe negro tinha dito.

O Capitão Tormenta cochichou de novo:

— Diga para ele que desamarre as nossas mãos que nós vamos mostrar como podemos voar.

Chocolate disse isso em africano. O chefe mandou desamarrar as mãos dos prisioneiros.

O avião vermelho, que estava espiando atrás duma choça de palha, veio correndo, deu uma chifrada nas costas do chefe dos selvagens, derrubou-o, correu para os seus amigos e gritou:

— Pulem para as minhas asas!

Os três exploradores pularam. O avião saiu voando. Os negros começaram a berrar e a jogar lanças contra os aventureiros. Mas o avião quebrava o corpo e nenhuma lança acertou nele nem nos seus amigos.

Os três exploradores foram para os seus lugares.

— Vamos para a Índia — disse Fernandinho.

Foram. No caminho encontraram um zepelim que ia na mesma direção. O avião, que era muito esperto, sentou-se nas costas do zepelim para descansar. E a viagem continuou assim. Os exploradores desceram e começaram a brincar em cima do charutão cor de prata.

— Eu ouvi dizer que os zepelins têm marmelada dentro! — disse Fernando.

Então o ursinho, que já aprendera a língua dos homens, disse:

— Vamos ver se é verdade?

Começaram os três a cavucar, enquanto o avião dormia e roncava, descansando. Cavucaram e mais cavucaram. Tiraram a casca do zepelim e descobriram, muito contentes, que o charutão tinha mesmo marmelada dentro. Comeram até enjoar. Depois da marmelada, encontraram chocolate. Depois do chocolate, biscoito. Depois do biscoito, passa de figo. Depois da passa de figo... nada! E os três amigos quase caíram dentro do zepelim.

O comandante do dirigível estava naquele momento examinando a barriga do seu navio aéreo, que se queixava de dores muito fortes. Viu os aventureiros e gritou para eles em alemão:

— Piratas! Comeram um pedaço do meu zepelim!

O avião lá em cima acordou, viu o perigo, estendeu os braços, agarrou os três companheiros e saiu voando com eles.

O avião vermelho passou por dentro duma grande nuvem. Existia nessa nuvem uma cidade de tico-ticos. O prefeito da cidade estava no barbeiro fazendo a barba e, quando viu o barulho do avião, assustou-se e saiu para

fora com a cara ensaboada. Foi um susto! Todos os tico-ticos da cidade apareceram nas janelas de suas casas. Os tico-ticos mulheres e crianças começaram a chorar de medo. Os tico-ticos homens saíram para fora de espingarda em punho e começaram a dar tiros para o ar.

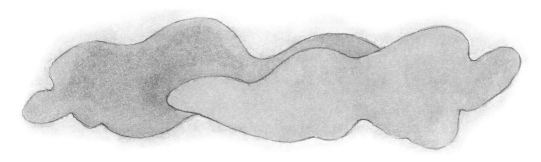

O avião riu muito dos tirinhos dos tico-ticos.

Mas ficou sério quando enxergou lá embaixo o mar.

— Estamos em cima do mar — gritou ele para os exploradores.

Fernandinho baixou os olhos e sentiu um arrepio.

Desabou naquele instante uma tempestade muito forte. Trovões, relâmpagos e uma ventania daquelas de fazer voar barracão de circo de cavalinhos.

O avião ficou resfriado e deu um espirro tão forte que perdeu o equilíbrio e caiu no mar.

A água estava fria. Os três companheiros ficaram muito assustados, tontos do choque. As ondas urravam como leões.

O avião não teve outro remédio... virou submarino e afundou.

Começou a correr pelo fundo do mar como um peixe. Fernandinho encostou o olho no periscópio e viu por todos os lados peixes coloridos e plantas engraçadas. O avião, que agora era submarino, tremia de frio. Fernandinho começou a sentir fome.

— Que é que vamos comer? — perguntou.

O ursinho olhou para o boneco e disse:

— Vamos comer uma perna do Chocolate.

Fernandinho ficou zangado.

— Cale a boca, urso mau! Chocolate é nosso companheiro.

Quando o submarino desconfiou que a tempestade tinha terminado, subiu para a superfície do mar. O dia estava muito claro e bonito. Não ventava mais. Céu limpo. Já se avistava terra. O submarino começou a correr por cima das ondas, tornou a virar avião e, quando chegou em terra firme, se sacudiu todo como uma galinha quando sai d'água.

— Onde estamos? — perguntou Fernandinho, botando a cabeça para fora.

Ninguém sabia.

Depois de secar ao sol, o avião disse que já podia voar.

Recomeçaram a viagem.

Ia tudo muito bem. Mas um zepelim que andava perdido no céu distraiu-se e entrou no nariz do sol. O sol sentiu cócegas e deu um formidável espirro. O espirro fez vento. O vento apanhou o avião vermelho. E o avião vermelho foi arrastado para terra. Foi caindo,

caindo, caindo até que entrou pela chaminé duma casa.

O tombo foi horrível. O avião ficou com um olho preto. O ursinho perdeu muitos pêlos. Chocolate quebrou dois dentes. Fernandinho ficou com um galo na cabeça.

Estavam dentro duma chaminé. Felizmente não havia nem fogo nem fumaça. Desceram todos do avião. Ouviram vozes. Falavam uma língua conhecida.

— Estamos no Brasil! — disse o ursinho.

E começou a tocar contente a sua musiquinha.

Fernandinho viu-se numa sala. Reconheceu-a logo. Era o escritório do papai. Ali estava o globo, a mesa com os instrumentos complicados...

— Agora precisamos crescer de novo! — disse o Capitão Tormenta aos companheiros.

Subiram os três para cima da mesa. Agarraram a lente que aumenta as coisas. Empurraram a lente para a beira dum livro grosso. Depois os três ficaram parados debaixo do vidro de aumento. E foram crescendo, crescendo... Fernandinho bateu com a cabeça no vidro. E continuou a crescer, a crescer, até que ficou como era antes.

A porta do escritório se abriu. Papai apareceu.

— Fernandinho! — gritou ele. — Que é que estás fazendo de manhã cedinho em cima da mesa do meu escritório?

Fernandinho baixou os olhos, com medo.

— E com a lente de aumento em cima da cabeça! — continuou papai, sempre admirado. — Que menino travesso! E que é que o urso e o boneco preto estão fazendo aqui?

Papai ficou muito zangado. Fez Fernandinho descer e lhe disse que nunca mais entrasse naquele escritório sem licença. Olhou para a lareira, viu o avião e gritou:

— Menino mau! Dei-te esse avião ontem e já espatifaste todo o coitadinho! Olha só! Está atirado na lareira como um brinquedo velho...

Fernandinho compreendeu tudo. Papai não sabia da aventura. Eles tinham fugido de casa ontem. Quando a gente é pequeno, do tamanho dum dedo minguinho, cada dia dos homens grandes vale cinco dos nossos.

Foi uma aventura muito engraçada, a do avião vermelho!

Fernandinho até hoje fala nela.

Sobre o autor

Erico Verissimo dizia que era apenas "um contador de histórias".

Contou muitas histórias para gente grande, em livros como *Olhai os lírios do campo*, *Caminhos cruzados*, *O tempo e o vento*, *O senhor embaixador* e *Incidente em Antares*. Mas também gostava de contar histórias para crianças, em livros como este.

Ele nasceu em Cruz Alta, no interior do Rio Grande do Sul, em 1905. Antes de ser escritor, fez muitas coisas. Trabalhou no comércio, foi bancário, e se tornou sócio de uma pequena farmácia que foi à falência porque ele preferia ficar lendo seus livros em vez de vender remédios.

Quando se mudou para Porto Alegre, Erico foi trabalhar na *Revista do Globo*, que era publicada pela Livraria do Globo. Depois nasceu a Editora Globo, que ele ajudou a se criar e a se tornar uma das mais importantes do país. E que editou todos os seus livros, desde o primeiro, *Fantoches*.

Ele é considerado um dos melhores escritores brasileiros da sua época, e foi um dos mais populares. Muitos dos seus livros foram traduzidos em outras línguas. Erico Verissimo contou suas histórias para muita gente.

Morreu em Porto Alegre, em 1975, quando ia fazer setenta anos.

Luis Fernando Verissimo

Sobre a ilustradora

Eva Furnari (1948) formou-se em arquitetura pela Universidade de São Paulo e foi professora de artes. É escritora e ilustradora de livros infantis desde 1980. Já publicou cinqüenta livros. Colaborou como ilustradora em diversas revistas, e durante quatro anos histórias semanais da Bruxinha, sua personagem mais conhecida, saíram no suplemento infantil do jornal *Folha de S.Paulo*. Também criou duas peças de teatro com base em seus livros *Truks* — que ganhou o Prêmio Mambembe em 1994 — e *A Bruxa Zelda e os 80 docinhos*.

Tem livros publicados no México, no Equador e na Bolívia, e participou de várias exposições de ilustradores brasileiros e feiras de livros no exterior. Recebeu diversos prêmios, entre eles o Jabuti de Melhor Ilustração (três vezes), o da Fundação Nacional do Livro Infantil e Juvenil, a FNLIJ (sete vezes), e o da Associação Paulista dos Críticos de Arte, a APCA, pelo conjunto da obra. Participou da Lista de Honra do International Board on Book for Young People (IBBY), órgão consultivo da Unesco para o livro infantil, com *O feitiço do sapo* (Ática, 1996).

Primeira edição:
1936

Capa e projeto gráfico:
Eva Furnari

Ilustradora-assistente:
Claudia Furnari

Revisão:
Renato Potenza Rodrigues

Dados Internacionais de Catalogação na Publicação (CIP)
(Câmara Brasileira do Livro, SP, Brasil)

Verissimo, Erico 1905-1975
    As aventuras do avião vermelho / Erico Verissimo ; ilustrações de Eva Furnari . — São Paulo: Companhia das Letrinhas, 2003.

    ISBN 978-85-7406-164-1

    1. Literatura infanto-juvenil   I. Furnari, Eva II. Título.

03-1423   CDD-028.5

Índices para catálogo sistemático:
1. Literatura infantil 028.5
2. Literatura infanto-juvenil 028.5

6ª reimpressão

2007

Todos os direitos desta edição reservados à
EDITORA SCHWARCZ LTDA.
Rua Bandeira Paulista, 702, cj. 32
04532-002 — São Paulo — SP — Brasil
Telefone: (11) 3707-3500
Fax: (11) 3707-3501
www.companhiadasletrinhas.com.br

Esta obra foi composta em AGaramond, suas imagens foram escaneadas pela GraphBox•Caran, teve seus arquivos processados em CTP e foi impressa pela RR Donnelley Moore em ofsete sobre papel Couché Reflex Matte da Suzano Papel e Celulose para a Editora Schwarcz